AF357230

DISCOURS

PRONONCEZ

DANS L'ACADÉMIE

FRANÇOISE,

Le Jeudi 4. Avril MDCCXLVIII.

A LA RECEPTION

DE M. DE PAULMY

ET

DE M. GRESSET.

A PARIS,

DE L'IMPRIMERIE DE JEAN-BAPTISTE COIGNARD,
Imprimeur du Roi, et de l'Acade'mie Françoise.

MDCCXLVIII.

Messieurs,

Lorsque j'ai aspiré à l'honneur que je reçois
aujourd'hui, je me suis plus occupé des avantages
que je retirerois de votre Société, que de tout ce
qui me manque pour mériter d'y être admis. C'est,
Messieurs, un si noble intérêt qui m'a fait vain-
cre ma juste défiance, & qui m'a encouragé à vous
demander vos suffrages.

Les talents les plus applaudis & les plus dignes de
l'être, le goût le plus sûr & le plus délicat, voilà les

deux qualitez auxquelles on reconnoît tous ceux qui compofent cette illuftre Compagnie.

L'Académie offre des Maîtres dans tous les genres de Littérature ; des Hiftoriens élégans fans affecta- tion , méthodiques fans féchereffe , exacts , mais toujours intéreffans , capables , même en fe renfer- mant dans les bornes les plus étroites de l'abrégé , de ne rien négliger de ce qui caractérife les fiécles & les hommes qu'ils ont à peindre ; des Poëtes di- gnes des beaux jours d'Athènes & de Rome ; des Orateurs dont la gloire durera autant que les véritez qu'ils nous ont annoncées ; des Traducteurs égaux à leurs modéles ; des Sçavans enfin à qui l'étude des Sciences les plus difficiles & les plus abftraites n'ôte rien de la facilité du ftyle & des graces de l'imagina- tion.

A côté de ces grands Maîtres , on voit affis des Juges éclairez dignes d'être affociez à la gloire de ceux qu'ils aident de leurs confeils , & que même quelquefois ils inftruifent. L'Académie fait mar- cher d'un pas égal l'homme de talents & l'homme de goût ; mais à quel degré de perfection n'eft-il pas néceffaire de porter cette derniere qualité pour mé- riter d'y être reçû à ce feul titre ? Suffiroit-il d'ad- mirer les chef-d'œuvres de l'Eloquence & de la

Poëſie, d'eſtimer & de rechercher ceux qui les pro-
duiſent? Non, Messieurs, ce n'eſt là que payer
un tribut que le mérite eſt en droit d'exiger de tout
le monde. En rendant cet hommage, on évite ſeu-
lement la honte que l'ignorance entraîne après elle;
mais on n'a point de droit à la récompenſe : elle
n'eſt dûe qu'à celui qui poſſéde ce goût judicieux,
capable d'un examen également prompt & ſolide,
que le faux brillant ne peut jamais ſéduire, qui non
content de connoître les effets de l'art, ſçait en
pénétrer tous les ſecrets ; qui peut rendre compte
du ſentiment qu'il éprouve, & développer les cauſes
qui l'ont fait naître : enfin qui, par l'habitude con-
tractée avec les grands modéles, s'eſt rendue propre une portion de l'éloquence dont vous êtes
les dépoſitaires & les organes ; de cette éloquence
également utile à l'homme de Lettres, à l'homme
du monde, & à l'homme d'Etat : elle fournit au
premier tous les traits qui lui ſont néceſſaires dans
quelque genre qu'il s'exerce. L'homme du monde
fait plus ſouvent que l'on ne croit, uſage de l'éloquence ; il en a une qui lui appartient ſinguliére-
ment, mais qui dans le fond ſuit les mêmes régles
que celle de l'homme de Lettres. Expliquer ſes idées
avec netteté, les enchaîner avec ordre, obſerver

toujours une méthode exacte , dont on cache le principe & dont on ne laiffe voir que les effets, plai-fanter avec grace , critiquer avec délicateffe , parler des chofes férieufes & importantes avec dignité , & des autres fans baffeffe , n'eft-ce pas là ce qui ca-ractérife l'éloquence de l'homme du monde ? Elle eft un de fes principaux agrémens ; elle devient dans l'homme d'Etat un mérite du premier ordre : foute-nir par fes difcours la majefté de fon Prince ; ren-dre avec clarté , force & nobleffe, les ordres dont on eft honoré ; mettre en œuvre le grand art de la per-fuafion pour refferrer des nœuds déja formez & en former de nouveaux , pour échauffer les amis , ga-gner les indifférens , ramener les ennemis , telle eft l'éloquence employée par l'homme d'Etat.

Il eft un autre art qui vous eft également foumis , & qui a en effet avec le premier de fi grandes rela-tions , qu'il doit néceffairement reconnoître la mê-me autorité ; on trouve dans l'un le germe & les premiers élémens de l'autre. L'Orateur fçait em-ployer les mots & en former les phrafes dont l'af-femblage compofe le difcours , mais il faut que le Grammairien les lui fourniffe , c'eft même à lui de déterminer leur vraie fignification , & d'appli-quer chacun à l'idée qui lui eft propre ; quelle éten-

due de talents & de connoiſſances n'exige pas ce
travail ? Quiconque l'entreprend ne doit-il pas joindre la préciſion à la ſagacité , la ſcience profonde
de l'antiquité & l'étude la plus aſſidue des Langues
ſçavantes , à l'uſage du monde & de la Littérature
moderne ? Fixer le ſens des mots , c'eſt diſtinguer
toutes les idées ; M. l'Abbé Girard à qui j'ai l'honneur de ſuccéder , eut la force de ſe conſacrer à une
étude ſi pénible , & le mérite d'y réuſſir.

Le Livre des Synonimes , fruit du travail de la
plus grande partie de ſa vie , fut reçû du public
avec applaudiſſement & procura à ſon Auteur une
place parmi vous ; ſi la récompenſe fut éclatante &
flatteuſe , quel ouvrage dans ce genre la mérita
mieux ? Nier preſqu'abſolument qu'il y ait des Synonimes dans notre Langue , & pour appuyer ce
ſentiment , entrer dans la diſcution de tous les mots
que l'on pourroit regarder comme ayant la même
ſignification ; remonter à leur origine , rechercher
leur uſage , en obſerver & en relever tous les abus ,
en diſtinguer enfin & en déterminer le véritable
ſens , quelle entrepriſe ! M. l'Abbé Girard l'exé-
cuta , & l'on ne peut lire ſon Ouvrage ſans être
convaincu que l'art du langage , ainſi que la nature ,
eſt varié à l'infini , & que ſi tant de gens admettent

un fi grand nombre de Synonimes , le défaut feul de lumieres ou d'attention , les empêche de reconnoître les nuances délicates qui diftinguent les différens termes. M. l'Abbé Girard travailla jufqu'à la fin de fa vie dans un genre où il s'étoit fait tant d'honneur , on retrouve dans fon dernier Ouvrage un Maître confommé dans l'art dont il donne des leçons. A l'étendue des connoiffances & aux qualitez de l'efprit qu'il réuniffoit , il joignoit la probité la plus exacte , & l'attachement le plus inviolable à fes devoirs , avantages effentiels dans toute fociété , & que votre illuftre Fondateur jugea auffi néceffaires que les talents même.

Le Cardinal de Richelieu , fublime & hardi dans fes idées , qui poffeda dans un degré fupérieur le mérite le plus grand d'un homme d'Etat , cet efprit de fuite qui jamais n'abandonne un projet parce qu'il eft difficile , mais qui s'attache à triompher des difficultez dès que la gloire ou l'utilité de fa patrie y eft intéreffée , comprit que la France , féconde en Héros , devoit l'être auffi en Ecrivains habiles , & qu'à la gloire de faire de grandes chofes , il falloit joindre celle de les rendre dignement.

Il n'appartenoit qu'à un génie du premier ordre de concevoir le deffein de former & d'aggrandir
l'efprit

l'esprit de ses Concitoyens , & de leur choisir des modéles & des maîtres aussi capables de leur apprendre l'art de penser avec justesse , que celui de s'exprimer avec élégance.

A l'un des plus grands Ministres que la France ait eû, succéda un des plus dignes Chefs de la Justice : il étoit confondu parmi vous ; on le vit à votre tête ; il avoit prouvé par son exemple , que dans quelque rang que l'on puisse être placé , on doit toujours se faire honneur du titre d'homme de Lettres & de celui d'Académicien ; les Muses le récompenserent de la justice qu'il leur avoit rendue, il les protégea.

Un grand Roi daigna prendre sa place. LOUIS XIV. donnoit à tout ce qui l'approchoit l'empreinte de la grandeur qui lui étoit personnelle , il fit naître pour l'Académie un jour plus éclatant & plus lumineux; le Palais de nos Rois devînt le sanctuaire des Muses & la demeure des talents ; aussi quel Bienfaiteur éprouva jamais de leur part plus de reconnoissance ? On les vit s'empresser à peindre avec les couleurs les plus vraies, mais en même tems les plus brillantes, sa fermeté inébranlable, sa fidélité pour ses Alliez, l'ordre admirable qu'il établit dans son Royaume, la terreur qu'il imprima à ses ennemis, la gloire enfin qu'il ajoûta pour toujours au nom François.

Le titre de Protecteur de l'Académie eſt devenu comme un appanage de la Couronne : la fortune des Lettres dans un grand Empire ſuit preſque toujours la deſtinée de l'Etat Politique. Si l'Académie ſe maintient dans cette ſplendeur qu'elle acquit ſous LOUIS XIV. c'eſt que l'héritier de ſon nom & de ſes vertus nous raméne les plus belles années du regne précédent. Police exacte maintenue dans l'Etat; établiſſemens utiles perfectionnez ou formez; ſoumiſſion entiere fondée ſur l'amour des Peuples bien plus que ſur la crainte; tranquillité profonde conſervée dans l'intérieur du Royaume malgré la guerre la plus vive ſoutenue au-dehors ; Provinces conquiſes avec rapidité ; Places forcées qui juſques ici étoient eſtimées imprénables ; Batailles gagnées en perſonne, où la valeur des François a été redoublée par la préſence de leur Maître , tels ſont les événemens du regne ſous lequel nous vivons : la France s'en glorifie , les autres Nations ſont forcées d'y applaudir.

Oſerois-je , MESSIEURS , ajoûter quelques traits des qualitez perſonnelles auxquelles nous devons de ſi grands avantages , c'eſt ce que j'ai recueilli de ceux à qui je tiens de plus près , & qui pénétrez de reconnoiſſance & d'admiration , m'ont tant de fois inſpiré les mêmes ſentimens dont je les voyois animez ; grandeur dans les projets , ſageſſe dans les réſolutions , majeſté ſoutenue dans tout ce que ce grand Prince entreprend & exécute , tendreſſe extrême pour ſa Famille , amour vraîment paternel pour ſes Peuples , douceur pour tous ceux qui ont le bonheur de l'approcher , Pere tendre , Maître aimable , grand Roi ; puiſſe-t-il bientôt donner la Paix avec autant de gloire qu'il fait la guerre , & recevoir de l'Europe entiere le même titre qu'il doit à l'amour de ſes Sujets !

M. Gresset *ayant été élû par Messieurs
de l'Académie Françoise à la place de feu
M.* Danchet, *y vint prendre séance
le Jeudi 4. Avril 1748. & prononça le
Discours qui suit.*

Messieurs,

Le sentiment est trop au-dessus des couleurs qu'on lui prête & de l'art même qui veut le peindre, pour que je puisse me flatter de vous bien exprimer ma reconnoissance; tous les agrémens, toute la nouveauté, toutes les richesses du discours ne font que l'éloquence de l'esprit : il en est une plus persuasive, plus chere à ma sensibilité, & plus digne de vous : justifier ici vos bienfaits par leur usage, effacer des essais passagers par des travaux durables, voilà, Messieurs, le véritable hommage qui vous est dû, l'éloquence du cœur, vos droits & mes engagemens.

Pourrois-je former d'autres projets & d'autres vœux en entrant dans ce Temple de l'Eloquence, de la Poësie, de l'Histoire, de la Science des mœurs, & de tous les arts consacrés à l'instruction & au plaisir de l'esprit humain : Temple immortel où les talents font encouragés & récompenfés, où la grandeur elle-même, non contente d'être affociée aux talents, les partage & les embellit : où enfin la critique, toujours auffi utile que fage, les éclaire & les perfectionne. A la vûe de ce lieu refpectable & des noms célébres que préfentent vos Faftes, rapproché des modéles & des fecours, mes premiers fentimens, après la reconnoiffance, ne doivent-ils pas être ceux de la plus noble émulation, & tous mes regards ne s'arrêtent-ils pas néceffairement fur les exemples illuftres qui m'apprennent l'emploi du temps, fur la néceffité de fe rendre utile à fon fiécle, & fur la gloire d'apprendre à la poftérité qu'on a vécu.

Tels furent, Messieurs, & les principes & les exemples de l'homme eftimable que vous venez de perdre ; toute fa vie fut appliquée, remplie, & digne de fes modéles : né avec un efprit facile & fécond, un talent heureux pour la Poëfie, une ame faite pour faifir & peindre les idées élevées & les fentimens nobles, un jugement toujours maître du talent, Monfieur Danchet avoit joint à ces dons de la nature tous les fecours de l'art, toute la culture de l'étude & de la réflexion, les richeffes des Mufes d'Athènes & de Rome, & tous les nouveaux tréfors dont le Parnaffe de l'Europe eft enrichi depuis la fin des fiécles barbares & la renaiffance des Lettres ; inftruit, formé par les oracles de la Poëfie, rempli de leurs beautés, animé de leur efprit, il mérita de parler leur langue, & de partager leurs lauriers.

Je ne m'arrêterai point à caractérifer fes differens Ecrits, ni à rappeller le fuccès des Tyndarides, de Cyrus, de Nitétis, couronnés plufieurs fois fur la Scéne Tragique, & le rang diftingué qu'Héfione, Tancréde, & les Fêtes Vénitiennes tiendront toujours fur la Scéne Lyrique ; c'eft aux ouvrages à parler de leur auteur ; tout autre témoignage eft fufpect ou fuperflu. Mais il eft un tribut plus cher que je puis payer à la mémoire de M. Danchet avec toute l'autorité du témoignage public & avec cette fatisfaction du cœur, qui accompagne la vérité ; un tribut dont je ne dois rien omettre pour fa gloire & celle des talents même ; un titre plus honorable que les fuccès & que le frivole mérite de n'avoir que de l'efprit, un éloge fait pour intéreffer également & celui qui le donne & ceux qui l'écoutent : avantage bien rare pour la louange !

Ce n'eft pas feulement, Messieurs, à l'idée générale d'une franchife refpectable, d'une probité fans nuages, & d'une conduite fans variations que je viens rappeller votre fouvenir pour peindre tout le mérite

de son ame : je n'ai nommé là que les vertus & les devoirs qu'il partageoit avec tous les véritables honnê-
tes-gens, il n'avoit d'amis qu'eux, il ne pouvoit res-
sembler à d'autres ; mais pour y joindre des traits plus
personnels : un mérite dont il faut lui tenir compte,
un avantage qu'il emporte dans le tombeau, c'est de
n'avoir jamais deshonoré l'usage de son esprit par au-
cun abus de la Poësie, caractère si rare dans l'art dan-
gereux qu'il cultivoit, & où le talent ne doit pas être
plus estimable par les choses même qu'il produit,
que par celles qu'il a le courage de se refuser. Instruit
dès sa jeunesse & convaincu toute sa vie que la Poësie ne doit être que l'interpréte de la vérité & de
l'honneur, la langue de la sagesse & de l'amitié, & le
charme de la société, il ne partagea ni le délire ni
l'ignominie de ceux qui la profanent : au-dessus de
cette lâche envie qui est toujours une preuve humi-
liante d'infériorité : ennemi du genre satyrique, dont
l'art est si facile & si bas : ennemi de l'obscénité dont
le succès même est si honteux ; inaccessible à cette
aveugle licence qui ose attaquer le respect dû aux
Loix, au Thrône, à la Religion, audace dont tout
le mérite est en même-tems si coupable & si digne de
mépris : incapable enfin de tout ce que doivent in-
terdire l'esprit sociable, la façon noble de penser,

l'ordre , la décence & le devoir , ſes Ecrits porterent toujours l'empreinte de ſon cœur.

Malgré l'opinion preſque générale , il n'eſt pas toujours vrai qu'on ſe peigne dans ſes ouvrages. Il eſt aiſé d'être le panégyriſte de l'honneur , l'organe des ſentimens vertueux , & l'orateur des mœurs ; mais quand on parcourt l'hiſtoire de la Poëſie , on a quelquefois le regret de trouver les plus belles maximes en contradiction avec la vie de leur déclamateur , & l'élévation des préceptes dégradée par la baſſeſſe des exemples : telle a été la malheureuſe deſtinée de quelques Ecrivains , qui ne prétendoient qu'à la célébri‑ té , & qui n'ont ni connu ni mérité l'eſtime.

La mémoire de M. Danchet n'a rien à craindre d'un ſemblable reproche. La candeur , la raiſon & la nobleſſe que reſpirent tous ſes ouvrages, ſont l'hiſtoire de ſa vie : heureux en la perdant d'obtenir les regrets ſincéres de tous ceux qui l'ont bien connu : heureux d'avoir uni à ſes talents tous les titres de l'honnête-homme & du ſage , & d'avoir toujours mis avant le vain bruit de la renommée , le ſoin de s'immortaliſer dans l'eſtime publique.

C'eſt votre ouvrage , Messieurs , ce ſont vos biens que je viens d'expoſer à vos yeux , en parlant de ſon cœur & de ſes vertus. C'eſt par les principes
invariables

invariables de cette illuſtre Compagnie, qu'il avoit cultivé, enrichi, perfectionné un naturel ſi heureux, & ſur-tout l'eſprit d'union, de déférence & de ſocié- té, ce caractère ſi eſſentiel à la République Littéraire & dont vous donnerez toujours le modéle : caractère de nobleſſe & de vérité, de force & de lumiere, qui ne connoiſſant ni les honteuſes inquiétudes de la jalou- ſie, ni les intrigues de la vanité, ni le tourment de la haine, ni la baſſeſſe de nuire, reçoit & donne avec droiture tous les ſecours de la confiance, tous les con- ſeils du goût, tous les jugemens de l'impartialité : ne voit point un ennemi dans un concurrent : applau- dit tout haut aux vrais ſuccès, ſans ſe réſerver à les dé- primer tout bas, & ne cherche que le bien, le pro- grès, & l'embelliſſement des Arts.

Voilà, Messieurs, l'eſprit reſpectable qui vous anime, voilà les loix & l'appui, ainſi que les premiers fondemens de l'Académie Françoiſe. En ouvrant ſes Annales, monument de la vertu ainſi que de la gloire littéraire, on voit avec un ſenti- ment de plaiſir qui n'échappe point aux ames géné- reuſes, on voit, dis-je, que l'Amitié éclaira la naiſ- ſance de l'Académie. C'eſt ſur une ſociété choiſie de Sages, qui s'aimoient & s'inſtruiſoient récipro- quement, que le Cardinal de Richelieu, ce vaſte &

C

profond génie, à qui rien n'échappoit de tous les moyens d'illuftrer un Empire, conçût le plan de cet établiffement fi honorable à fa mémoire, & fi utile aux Lettres & à la France.

A ce fpectacle, MESSIEURS, au fouvenir de votre origine, frappé de tout l'éclat de ce moment illuftre le premier d'une carriere immortelle, je me plaindrois de l'infuffifance de l'art à rendre en ce jour d'auffi brillantes images, & fur-tout à peindre dignement les traits des deux premiers Protecteurs de l'Académie, fi leur jufte éloge ne venoit de vous être tracé en ce moment, par un homme né pour parler des hommes d'Etat, pour leur reffembler, pour leur appartenir par les talents comme par la naiffance, & né également pour appartenir aux Lettres & aux Arts, par un goût héréditaire.

Affez d'autres, en rendant hommage à l'Académie dans un jour femblable, ont vanté, plus heureufement que je ne pourrois faire, fa fondation, fes accroiffemens, fes ouvrages immortels & fes autres attributs. Pour moi, MESSIEURS, fi l'honneur de vous appartenir me donne quelque droit de vous rendre compte de moi-même, j'avouerai que toujours indigné des inimitiés baffes, & des divifions indécentes dont l'empire des Lettres eft quelquefois

agité : pénétré de vénération pour les exemples con-
traires que préfente l'Académie, j'ai cru ne pouvoir
mieux fatisfaire au tribut public que je lui dois,
qu'en m'attachant à faire remarquer & refpecter cette
heureufe amitié, partie fans doute la plus intéreffante
de vos Faftes, puifqu'elle eft l'hiftoire de la vertu,
& que la vertu, dans l'ordre du bonheur public,
marche avant les talents.

Cette union qui en affûrant vos progrès préfa-
geoit toute votre gloire, attira plus particulierement
fur vous l'attention du Souverain. LOUIS XIV
aux noms fublimes de Conquérant & de Monarque,
voulût joindre le titre de votre Protecteur. Et qui
peut douter que le fentiment généreux de la confiance & ce concours de forces & de clartés toujours
réunies par l'amour de l'intérêt commun, n'ayent
heureufement contribué aux progrès particuliers de
tant de grands hommes, qui ont illuftré le dernier
régne & la Nation, & porté à un fi haut degré de
fplendeur l'Eloquence & la Poëfie, ainfi que la pu-
reté, l'énergie & l'élégance de la Langue Françoife,
devenue par eux la Langue de l'Europe. Différens
dans leurs genres, mais placés dans la même carrière, rivaux fans divifions, concurrens dignes de
s'eftimer, fimples & modeftes parce qu'ils étoient

vraîment grands , les Corneille , les Boffuet , les Racine , les Fenelon , les La Fontaine , les Def-préaux , les Fléchier , les La Bruiére , furent toujours les exemples de ce caractère d'égalité & d'union qu'ils vous ont tranfmife : pourrois-je ne point leur affocier dans cet éloge leur contemporain , leur ami , leur rival , que nous avons la douceur de voir ici : cet Homme adoré de leur fiécle & du nôtre , modéle comme eux d'une vie rendue conftamment heureufe par la raifon , les graces & la vertu : d'une vie qui ne peut être trop longue au gré de nos défirs & pour notre gloire.

Que ces Hommes divins qui ont éclairé le fiécle que je viens de louer en les nommant, fervent pluflôt à l'émulation qu'au découragement du nôtre , & que tous ceux qui cultivent les Lettres , apprennent , Messieurs , par les exemples qu'ils ont reçus de vous , & qu'ils en recevront toujours , qu'il eft dans tous les temps de nouveaux lauriers.

Pour nous élever au grand , dans quelque genre que ce foit, ne partons point de l'humiliant préjugé, que nous fommes déformais réduits au feul partage d'imiter , & au foible mérite de reffembler ; les progrès de la raifon , des talents & du goût , loin de marquer les bornes de l'art aux yeux des ames fupérieures,

ne font pour elles que de nouveaux degrés d'où elles
ofent s'élancer : des Aftres ignorés , un nouveau
monde inconnu à l'Antiquité , n'auroient point été
découverts dans les deux fiécles qui précédent le
nôtre , fi cette courageufe émulation n'avoit tracé la
route. Par quel afferviffement défefpérerions-nous
de voir éclore de nouveaux prodiges de l'efprit humain , de nouveaux genres de beautés & de plaifirs ,
de nouvelles créations ? Le Génie connoît-il des
bornes ? Attendrions-nous moins de fon empire illi-
mité que des combinaifons de la matiere , qui toute
bornée qu'elle eft par fon effence , eft fi riche , fi
inépuifable dans les formes qui la varient fucceffive-
ment ? D'autres hommes ont vécu : nous qui les rem-
plaçons , qui ne marchons que fur des ruines , ne
voyons-nous pas le fpectacle de l'univers toujours
nouveau au milieu même des ruines qui le couvrent ?
Les découvertes inefpérées , les événemens les plus
imprévûs, les objets les plus frappants font-ils refufés
à nos regards ? de nos jours une ville entiere du nouveau monde vient de difparoître dans la profondeur
des mers , nulle trace ne laiffe foupçonner qu'elle
ait exifté ; une autre ville de notre Hémifphère ,
cachée aux regards du Soleil depuis dix-fept fiécles ,
fort de fon tombeau , revient à la lumiere , nous

offre ses monumens : & pour rappeller des traits plus intéreffants, nos jours n'ont-ils pas vû l'heureufe expérience aller aux extrémitez de la terre interroger la nature & dévoiler des myftères ignorés des autres fiécles? Si après une auffi longue durée de ce glôbe que nous habitons, la nouveauté peut encore régner fur les êtres matériels malgré leurs limites, quelle étendue, quelle fupériorité de puiffance n'a-t-elle pas encore fur les productions, l'effor & les fuccès de la raifon & de l'efprit, fur-tout dans la carrière immenfe de cet Art créateur, qui fçait franchir les barrières du monde?

Les efprits frivoles & fuperficiels défavoueront mon efpérance, les efprits foibles & timides ne s'éléveront pas jufqu'à elle ; c'eft au génie qu'appartient le droit d'accepter l'augure & l'honneur de le juftifier.

Quelle époque plus favorable pour former cet heureux préfage, qui m'eft bien moins fuggeré par le téméraire efpoir de le remplir que par mon amour pour les Arts & par ceux qui m'écoutent, & le temps où je parle. Quelle plus vafte & plus brillante carrière pour l'Hiftoire, l'Eloquence & la Poëfie, qu'un régne qui leur offre tant de gloire & de grandeur à immortalifer !

Que pourrois-je ajoûter, MESSIEURS, à la force & à la vérité des traits sous lesquels on vient de vous offrir l'image de votre auguste Protecteur ? Vous y avez admiré la valeur & la victoire unies à la modération & à l'amour de la Paix : la Royauté parée de tous les caractères qui font le pere de la Patrie : l'Humanité enfin avec tous les titres du Sage & de l'homme adoré. Après ce tableau si ressemblant, où ma foiblesse n'auroit pû s'élever, qu'il me soit seulement permis pour l'honneur des beaux Arts, de rappeller & d'éternifer ici les bienfaits dont le Sophocle de notre âge vient d'être honoré.

Puissent nos travaux immortaliser les sentimens d'admiration, de respect & d'amour, dont nous sommes pénétrés pour notre Monarque auguste ! la postérité célébrera comme nous ses vertus : & dans les siécles suivants, tous ceux qui, dans un jour semblable, rendront ici comme moi leur premier hommage à l'Académie, en nommant ses Protecteurs, s'arrêteront avec complaisance sur l'éloge d'un Souverain, qui n'aura jamais été loué que par la vérité.

RÉPONSE de M. DE BOZE aux Discours prononcez dans l'Académie Françoise, par M. DE PAULMY, & par M. GRESSET, le jour de leur réception.

Messieurs,

Il eſt rare de voir deux Elections auſſi paiſibles & auſſi unanimes que les vôtres l'ont été ; mais elles le feront toujours quand elles ſe trouveront de même guidées ou prévenues par la voix publique.

Elle nous a dit, Monsieur, * ſoit pour écarter l'idée de votre jeuneſſe, ſoit pour vous en faire un mérite, que dès le moment de votre naiſſance, vous avez appartenu autant aux Lettres qu'à l'Etat ; que dans le ſein d'une famille ſouverainement amie des Muſes, & ſingulièrement dévouée au bien de la Patrie, l'envie de ſçavoir & le deſir d'être utile, furent les premiers ſentimens qui ſe développèrent en vous, & qu'ils hâterent tellement vos progrès, qu'à un âge où le commun des hommes finit à peine de légères études, vous exerciez déja un miniſtère public dans le Tribunal où ſe portent, s'inſtruiſent & ſe jugent les premieres conteſtations de nos citoyens. Que de-

* M. le Marquis de Paulmy.

là paffant en différentes Cours de l'Europe pour les connoître par vous-même, la réputation qui vous y avoit devancé, s'étoit accrue de tout ce que les graces, la politeffe, la douceur & la facilité des mœurs, ajoûtent aux qualitez du cœur & de l'efprit. Que dans le cours de ces voyages, plufieurs Académies s'empreffèrent d'infcrire votre nom dans leurs Faftes, & que celle de Berlin vous ayant adopté par voye d'acclamation, vous y prononçâtes dans une affemblée publique que la Famille Royale honora de fa préfence, un Difcours fur l'utilité des adoptions littéraires, qui fut extrêmement applaudi, & loué furtout par ce fage & vaillant Monarque, qui à la fleur de fon âge, eft depuis long-tems le Mars & l'Apollon du Nord.

Préfenter à l'Académie Françoife des titres fi chers à fon efpérance, c'eft être sûr d'en enlever rapidement le fuffrage ; les avoir accumulez de fi bonne heure, c'eft avoir foumis la Nature aux efforts du génie & de la vertu.

J'oferai pourtant le dire, Monsieur, & vous n'en rougirez point ; vous aviez encore auprès de nous une follicitation puiffante, le fouvenir de votre illuftre aïeul, qui devenu Garde des Sceaux & Controlleur général, fouhaita la première place que nous eûmes à donner, & qui avoit, difoit-il, attendu que

D

la fortune l'eût élevé au faîte des grandeurs, pour leur affurer par cette alliance intime avec nos Mufes, une durée fupérieure à la faveur des Princes, & à la viciffitude des chofes humaines.

Comment fes vœux n'auroient-ils pas été fatis-faits ? Il combloit les nôtres, il reffufcitoit dans l'Académie les Séguier & les Colbert qu'il rendoit à l'Etat; il fut donc élû avec la même unanimité que vous venez d'éprouver; mais de fortes raifons atta-chées aux circonftances du tems qu'il eft aifé de fe rappeller, engagèrent l'Académie à le difpenfer du cérémonial ordinaire des réceptions, & à lui permet-tre de venir s'affeoir parmi nous tel jour d'affemblée qu'il lui plairoit. Il marqua une extrême fenfibilité pour ce ménagement qui étoit en effet une grace fingulière, & l'empreffement qu'il eut d'en joüir, nous donna un fpectacle plus fingulier encore.

Les trente années qui fe font écoulées depuis, & l'abfence de nos deux plus anciens Confrères, m'ont laiffé le feul témoin vivant de ce Phénomène Académique, dont le détail doit être intéreffant pour vous, & que perfonne, je crois, ne trouvera étran-ger au fujet qui nous raffemble.

Peu de jours après la délibération, M. d'Argen-fon Garde des Sceaux, qui ne nous avoit point aver-tis, qui ne s'étoit feulement pas fait annoncer, entra ici au commencement de notre travail, qu'il parut ne venir interrompre qu'un inftant pour embraffer *fes amis & fes maîtres*, ce furent fes termes : Mais la converfation qui fe faifoit debout, s'étant infenfi-blement animée : *Il y a*, dit-il, avec des yeux pleins de feu, *il y a des tentations aufquelles il eſt beau de fuc-comber ; les affaires dont je fuis furchargé n'en fouffri-ront point, & nous facrifierons un peu aux Mufes, fi vous voulez bien reprendre vos places.* Il fe mit à la der-·nière, celle que vous occupez préfentement, Mon-sieur, & de-là, comme d'une fource abondante & trop long-tems retenue, fe répandit tout ce qu'une ingénieufe reconnoiffance peut infpirer de plus af-fectueux & de plus éloquent ; il joncha de fleurs le tombeau de M. l'Abbé d'Eftrées à qui il fuccédoit ; il envia le bonheur du Chancelier Séguier, qui pour avoir dignement rempli les devoirs d'un confrère zélé, avoit mérité d'être regardé comme le fecond Protecteur de l'Académie ; ce qu'il dit du Cardinal de Richelieu, étoit moins le tableau de fon miniftè-re, que le portrait même de fon Génie, s'il m'eſt per-mis de rendre ainfi l'impreffion qui m'en refte ; il parla en homme infpiré de la félicité que nous pro-mettoit & qu'étendroit au-delà du fiécle, le nouvel aftre qui s'élévoit fur nos têtes ; il prédit que l'amour des Peuples feroit la bafe de tous les trophées que lui

D ij

conſacreroient l'Hiſtoire , l'Eloquence & la Poëſie ;
& nous ramenant ainſi à nos occupations courantes,
il nous fit mille remarques curieuſes ſur l'étendue &
la beauté de la Langue Françoiſe ; il obſerva, en-
tr'autres , que les Grecs s'étoient repoſez du ſort de
la leur ſur ſa douceur naturelle , & ſur l'imagination
vive , tendre & féconde de ceux qui la parloient ;
que celle des Romains n'ayant pas le même avantage,
ils avoient tâché d'y ſuppléer par la plénitude & la
majeſté des ſons , par le tour & la ſymmétrie de leurs
périodes , & même par leurs conquêtes , puiſqu'ils
impoſoient aux vaincus la néceſſité de s'en ſervir dans
tous les actes publics & particuliers ; que les ſoins de
l'Académie Françoiſe avoient été plus heureux , que
ſentant ce qui avoit manqué à l'un & à l'autre Peu-
ple pour l'accompliſſement de ſes vûes , elle s'étoit
attachée à joindre aux agrémens du langage , une
élégance , une préciſion & une clarté qui ne ſe trou-
vant dans aucune autre langue vivante , avoient enfin
dompté la jalouſie des Nations , & dévoilé aux yeux
de l'Europe devenue moins barbare, le ſyſtême inno-
cent d'une eſpèce de Monarchie univerſelle.

Me ſerois-je trompé ? une anecdote qui touchoit
de ſi près à l'oubli , un fait auſſi honorable pour
l'Aïeul que pour l'Académie , eſt-il déplacé dans la
réception du petit-fils ? Et ce récit tout ſimple , tout

foible qu'il eſt , ne peut-il pas encore porter dans les cœurs les moins ſenſibles, quelque étincelle de la paſſion dont vous brulez déja , MONSIEUR , pour une gloire ſolide & durable ; de ce goût dominant pour les Lettres que vous avez toujours ſçû allier aux devoirs les plus ſérieux ; de cette éloquence enfin , que vous venez encore de ſignaler avec tant d'éclat ?

Si je me propoſois uniquement d'exciter votre émulation par la force des exemples domeſtiques , vous jugez bien que je m'arrêterois à ceux que le Ciel vous a heureuſement conſervez , à ces hommes rares, aux pieds de qui vous irez dans un moment dépoſer les lauriers qu'ils vous ont appris à cueillir ; ils nous admettront déformais au partage de cette moiſſon brillante , & ſoit que vous continuiez à vous diſtinguer ſous leurs yeux , ſoit que pour l'honneur & l'avantage de la Patrie , vous alliez au loin ſoutenir ſes droits par la ſolidité des raiſonnemens jointe aux charmes de l'expreſſion , vos ſuccès ſeront les nôtres , vous vous ſouviendrez que vous êtes venu remplacer ici un Académicien qui renfermé en lui-même, s'étoit occupé toute ſa vie à connoître & à expoſer les véritables principes de l'art de la parole , à en démêler les nuances les plus fines & les plus délicates , & à rappeller à des règles certaines ce que le vulgaire ignorant ne traite que d'uſage bizare. Le peu de tems que nous avons poſſédé M. l'Abbé Girard, nous l'a toujours montré auſſi eſtimable pour la douceur & la ſûreté de ſon commerce, que pour l'importance de ſes Ouvrages, dont vous avez fait une ſi judicieuſe analyſe.

*M. Greſ-
ſet.

Vous, Monsieur *, à qui l'Académie vient auſſi de déférer tout d'une voix, une ſucceſſion que le Public réclamoit pour vous; ſi le droit que vous y aviez, n'eût pas été ſuffiſamment établi par tant de productions honorées du ſuffrage de la Cour & de la Ville, l'élégance & la dignité de votre remerciment juſtifieroient ſeules notre choix. Mais entre les beautez dont ce Diſcours brille, s'il en eſt qui nous touchent, qui nous affectent par préférence, ce ſont certainement celles dont vous avez orné l'éloge de M. Danchet, Académicien aſſidu, zélé, vertueux, pour qui notre eſtime & notre amitié ne différoient de ce qu'on appelle communément vénération, qu'en ce que nos égards pour lui étoient plus naturels, plus continus, & par-là peut-être moins ſenſibles; Homme dont les Ouvrages avouez par les Graces, tantôt naïves & riantes, tantôt graves & auſtères, étoient toujours auſſi ſenſez que faciles & aimables; qui dans le cours d'une longue vie, & le plus long exercice de la Poëſie, ne l'avoit jamais armée des traits de la ſatyre, moins encore souillée par l'indécence & l'obscénité, ou profanée par l'irréligion ; à qui enfin, ce que des Muses perfides avoient jamais crû pouvoir reprocher de plus fort, étoit que son extérieur annonçoit trop l'innocence & la candeur de son ame.

Il falloit pour apprécier ses talents, & les mettre dans leur vrai jour, quelqu'un qui comme vous, Monsieur, se les fut véritablement rendus propres ; & il n'y avoit aussi que des sentimens semblables aux siens qui pussent les rendre comme vous les avez rendus.

Sans ce concours si désirable, sa place, il est vrai, ne seroit plus vacante, mais notre perte ne seroit qu'imparfaitement réparée, car ce n'est pas l'esprit qui manque à ce siécle, tout le monde se pique d'en avoir, & presque tout le monde en a, suite naturelle des excellens modèles en tout genre que nos Prédécesseurs nous ont laissez : Heureux ! si avec cette finesse de goût, & cette élévation de génie qui en font le principal caractère, ils avoient pû nous transmettre les qualitez personnelles qui les rendoient eux-mêmes encore plus dignes d'admiration que les chef-d'œuvres qui sortoient de leurs mains.

Pleins de l'objet qui avoit rassemblé leurs premiers Confrères, ils avoient l'art de désarmer l'envie, même en excitant la plus vive émulation, & fidéles aux vûes du grand Armand qui avoit donné des loix à leur Société naiſſante, leur principale attention étoit de reſſerrer de plus en plus des nœuds formez par la vertu.

Oüi, MESSIEURS, n'en doutez point, ce fut la vertu qui conduiſit nos Muſes aux pieds du Trône, qui les fixa dans ce Palais, qui leur valut la protection immédiate de LOUIS LE GRAND, & les rendit dépoſitaires d'une partie de la gloire qu'il répandoit ſur toute la Nation. Que n'y a point ajoûté ſon auguſte Succeſſeur, le meilleur des maîtres, & le plus grand des Rois ! Envain pour le ſéduire, la Victoire elle-même eſt venue plus d'une fois lui ceindre le front d'un laurier échappé à tous les deſirs de ſon immortel Biſaïeul, ſes ennemis vaincus n'ont éprouvé que ſa clémence & ſes bienfaits, ils ont reçu dans ſon propre Camp des ſecours & des ſoins qui leur auroient manqué par-tout ailleurs : Que n'y reçevoient-ils auſſi la paix qu'il ne ceſſoit de leur offrir ! Mais elle l'accompagne toujours ; & quand il ſe diſpoſe à leur faire entendre ſa voix de plus près, eſpérons tout des entrepriſes d'un Héros qui n'en meſure la grandeur & le péril, qu'à ſon amour pour la juſtice, & à ſa tendreſſe pour des Peuples dont il eſt adoré.